ELMIRE

LA COQUETTE.

ALMANACH
CHANTANT
pour la présente année.

Paris,

STAHL, Imprimeur-Libraire,
33, Quai Napoléon.

Elmire la coquette.

Paroles de J.-E. Aubry.

Air de la Cachucha.

Et vivent les amours,
Pour embellir la vie,
Au bal je plais toujours,
A tous je porte envie ;
En dansant, en valsant,
Tour à tour on m'admire.
Plus d'un en soupirant,
Tout bas dit : » C'est Elmire. »

Oui, c'est moi,
Elmire la belle,
Doux émoi,
L'orchestre m'appelle,
Et pourquoi
Serais-je infidèle
Au plaisir
Qui vient m'avertir
De partir.

Quel bonheur
Toujours à ma suite,

Maint danseur,
Sans cesse m'invite
Mais mon cœur,
Qui d'amour palpite,
Tendrement
Reste à mon amant
Constamment.
Sans succès
On vante mes charmes,
Mes attraits
Font verser des larmes.
Désormais,
J'ai rendu les armes
Au vainqueur,
Maître de mon cœur
Plein d'ardeur.

Micaela.

Enfant de la belle Castille,
Du ciel en recevant le jour,
Je reçus un rayon d'amour,
Qui de mes yeux s'élance et brille.
Celui qui fait battre mon cœur,
Tout haut je le dis : j'en suis folle.
Voilà comme aime une Espagnole,
Oui, l'amour au grand jour,
Voilà le vrai bonheur.

O ! mon Stéphen, toi que j'adore,
Toi dont j'ai reçu les serments,
En échangeant baisers brûlants.
J'aime quand dit ta voix sonore :
Viens dans mes bras,
Viens sur mon cœur,
Toi, qui de mes maux me console,
Tout mon amour à l'espagnole,
Vivre ou mourir pour elle
Est encor du bonheur.

Quels doux transports et quelle ivresse,
Mêler, confondre ses soupirs,
Et de la coupe des plaisirs
Savourer la jiqueur sans cesse,
Voilà ce qui plaît à mon cœur.
L'amour n'est pas chosu frivole
Quand il embrasse une espagnole,
Au monde il n'est que lui
Pour faire son bonheur.

A toi mon âme et ma tendresse,
T'aimer c'est mon culte et ma loi :
Aussi je veux toute ta foi.
Toi qui m'appelles ta maîtresse,
Malheur à qui trompe mon cœur,
Malheur ! celui-là je l'immole.
Voilà comme aime une espagnole,
La vengeance pour elle
Est encor du bonheur.

Le Pêcheur Napolitain.

BARCAROLLE.

Paroles de M. Crevel de Charlemagne.

Musique de M. Thys.

Venez bergères du hameau,
Venez, gentilles pastourelles,
Sans peur entrez dans mon bateau,
La mer ce soir est des plus belles,
Venez, bergères du hameau,
Entrez sans peur dans mon bateau.
Ah! dans mon bateau.

Je suis le pêcheur du rivage,
Toujours joyeux dès le matin,
Hardi comme un Napolitain,
Je brave les flots et l'orage;
Venez, etc.

Quittez sans regret la colline;
La plaine d'orangers en fleur;

J'ai pour consoler votre cœur
Le doux son de la mandoline.
Venez, etc.

Partons, si la brise est contraire,
J'ai pris mes légers avirons;
Venez, ensemble nous irons
Porter ma pêche à mon vieux père.
Venez, etc.

La Troupe Joyeuse.

Par J.-E. Aubry.

Unis à la troupe joyeuse,
Amis, venez contenter vos désirs ;
Avec nous la vie est heureuse :
Venez, venez, partager nos plaisirs.

Est-il un bonheur préférable
A celui qui nous rend heureux :
Chansons, bon vin et sexe aimable,
Font goûter le plaisir des dieux.

Près de nous jamais de tristesse,
La folie avec ses grelots
A notre tête avec vitesse
En courant répète ces mots :

Arrière la mélancolie,
En avant la franche gaîté ;
Buvons, buvons, jusquà la lie,
Buvons, chantons à la beauté.

Le plaisir toujours nous entraîne
Où le vrai bonheur nous attend.
Avec nous chaque femme est reine,
Pour sujet elle a son amant.

Moi, je suis un fou raisonnable,
Qui très souvent perd la raison
En buvant un vin délectable
Ou dans les bras de Louison.

Oui, ce sont des larmes de joie
Que chaque jour versent nos yeux ;
Notre âme tour à tour se noie
Dans des plaisirs voluptueux.

La Cachucha.

Paroles de J. E. AUBRY.

Que par la cachucha
On commence La danse,
Sans tarder me voilà,
Vite que l'on balance,
Quel plaisir je sens là !
Dieu quelle jouissance,
Oui, cette danse aura
Lontemps la préférence.

A l'instant
Déployons nos grâces ;
Doux moment,
Bientôt sur nos traces
Chaque amant
En voyant nos passes
A loisir, Pour se divertir,
Va saisir le plaisir.
Que par la cachucha, etc.

Le signal
J'entends que l'on donne,
Dans le bal
L'orchestre résonne,
Bien ou mal
Que l'on s'abandonne,
Sans effort Prenons notre essor.
Notre sort Vaut de l'or.
Que par la cachucha, etc.

Vivement
Effleurez la planche,
En tournant
Ployez votre hanche
Sous l'amant
Qui sur vous se penche.
Que vos yeux
Lui disent au mieux
Tous vos vœux amoureux.
Que par la cachucha, etc.

L'Histoire de l'Amour.

On rencontre une demoiselle
Au spectacle ou bien dans un bal;
L'on cause, ou l'on danse avec elle,
En disant elle n'est pas mal.
Bientôt on la trouve jolie,
Charmante, aimable et faite autour.
Une heure après on l'aime pour la vie,
Voilà l'histoire de l'amour *bis.*

De la revoir comme il vous tarde;
On cherche, on la retrouve enfin,
Avec plaisir on la regarde,
Et puis on lui serre la main.
On promet d'être toujours sage,
Lorsqu'à la belle on fait sa cour;
A ses genoux on parle mariage.
Voilà l'histoire de l'amour.

Viennent après les alliances:
L'épingle et la bague en cheveux,
Les acrostiches, les romances,
Les cœurs enflammés, deux à deux.

Que de serments, d'étourderies.
Que de billets dans un seul jour :
Rire et puis faire des folies,
Voilà l'histoire de l'amour.

Au moins huit jours dura la lutte
De la vertu contre le cœur;
Bref, on s'adore, on se dispute,
Mais on est comblé du bonheur.
A toi, pour toujours je l'atteste,
Jusqu'au tombeau, mais sans détour;
Un beau matin l'on se déteste,
Voilà l'histoire de l'amour.

Par M...

Cédée à Rousseau.

Le Retour du Soldat.

SUITE DE BONNE ESPÉRANCE.

Paroles d'Eugène BAUMESTER.

REFRAIN :

Me voilà de retour
Dans notre France BIS.
De mes amours toujours j'ai souvenance
Salut séjour
De mon enfance, séjour
De mon enfance.

Quand je partis simple soldat,
Comme mon père
Je quittai ma chaumière
Pour voler au combat ;
Bientôt par mon courage,
Je fus nommé sans peur ;
L'âme plein' de bonheur
Je reviens au village.
Me voilà de retour, etc.

Oui, c'est bien ici qu'en partant
Ma tendre mère
Auprès de mon vieux père
Bénissait son enfant ;
Et là, sous ce vieux chêne
Je vis couler des pleurs.
Pour moi plus de douleurs,
Car je suis capitaine.
Me voilà de retour, etc.

Je me souviens de ce serment
Donné par elle,
Jurant d'être fidèle
A moi son tendre amant.
Après dix ans d'absence
J'ai la croix sur mon cœur,
Ah ! pour moi quel bonheur,
Quels jours pleins d'espérance.
Me voilà de retour, etc.

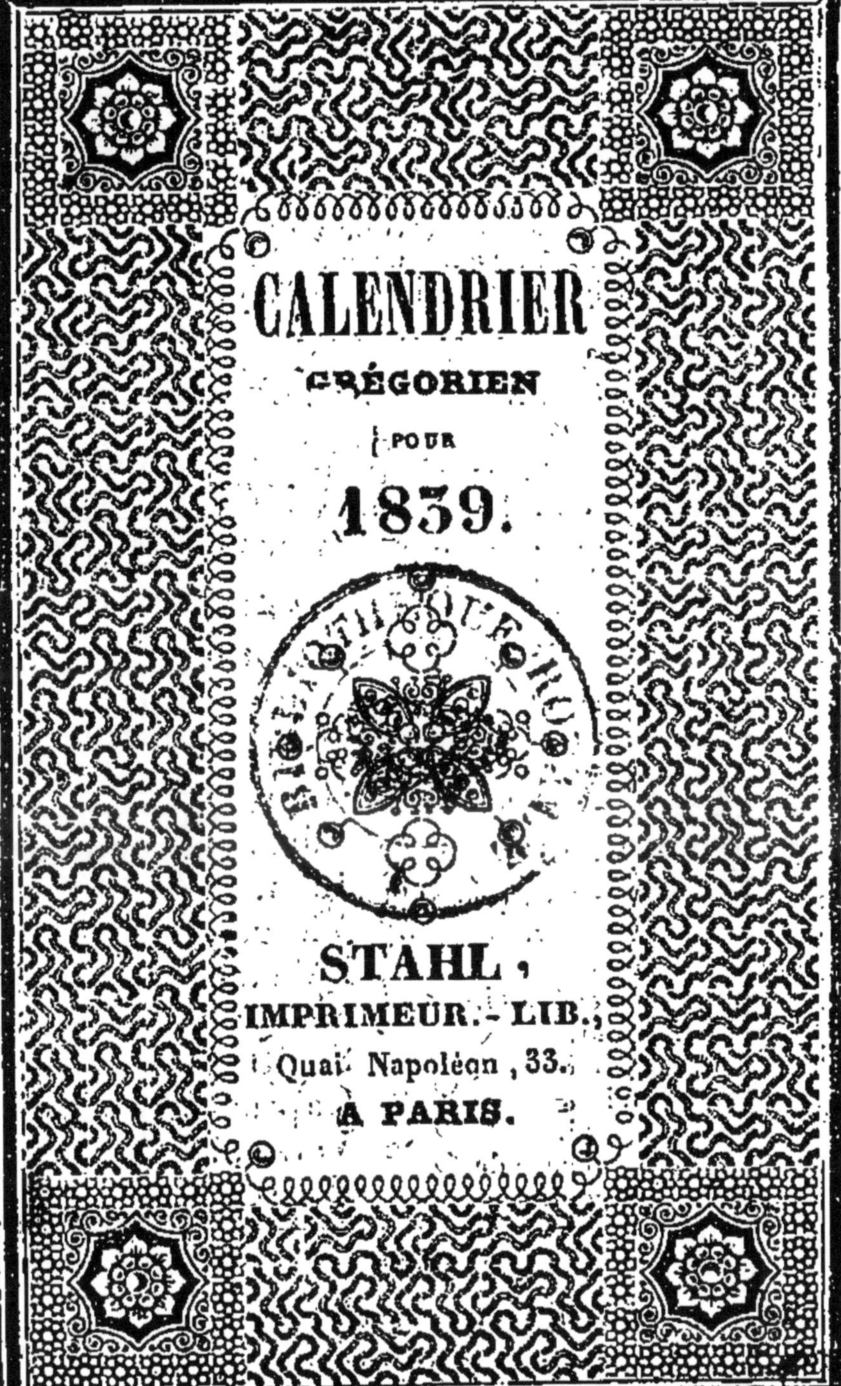

CALENDRIER

GRÉGORIEN

POUR

1839.

STAHL,

IMPRIMEUR.-LIB.,

Quai Napoléon, 33.

A PARIS.

MARS.

D.Q. le 8. | P. Q. 22.
N.L. 15. | P. L. 30.

1 ven	s Aubin
2 sam	s.Simplice
3 3 D	*Oc.* ste Cunég.
4 lun	s.Casimir
5 mar	s.Drausin
6 mer	ste Colette
7 jeu	s.Thomas
8 ven	s.Jean de D.
9 sam	ste Françoise
10 4 D	*Læt.* s. Doct.
11 lun	40 Martyrs
12 mar	s.Pol, *év.*
13 mer	ste Euphrasie
14 jeu	s.Lubin
15 ven	s.Longin
16 sam	s.Cyriaque
17 5 D	PASSION
18 lun	s.Alexandre
19 mar	s.Joseph
20 mer	s.Joachin
21 jeu	s.Benoît
22 ven	ste Lée
23 sam	s. Victorien
24 6 D	*Rameaux*
25 lun	ANNONCIATIO.
26 mar	s.Romain
27 mer	s.Rupert
28 jeu	s.Gontrand
29 ven	*Vendr. Saint*
30 sam	s.Rieule, *év.*
31 Dim	PAQUES

AVRIL.

D. Q. le 7. | P. Q. 20.
N.L. 13 | P. L. 28.

1 lun	s.Hugues
2 mar	s.Franç. de P.
3 mer	s.Richard
4 jeu	s.Isidore
5 ven	s.Ambroise
6 sam	s.Prudent
7 1 D	*Quas.* ste Eg.
8 lun	ste Perpétue
9 mar	ste Marie Eg.
10 mer	s.Macaire
11 jeu	s.Léon, *pape*
12 ven	s.Jules
13 sam	s.Justin
14 2 D	s.Tiburce
15 lun	s.Paterne
16 mar	s.Fructueux
17 mer	s.Annicet
18 jeu	s.Parfait
19 ven	s.Elphège
20 sam	ste Hildegond
21 3 D	s.Anselme
22 lun	ste Opportune
23 mar	s.Georges
24 mer	s.Robert
25 jeu	s.Marc
26 ven	s.Clet
27 sam	s.Anthime
28 4 D	s.Polycarpe
29 lun	s.Pierre, *m.*
30 mar	s.Eutrope

MAI.

D.Q. le 6. P. Q. 20.
N. L. 13. P. L. 28.

1 mer	s. PHILIPPE
2 jeu	s. Athanase
3 ven	*Inv. ste Croix*
4 sam	s. Godard
5 5 D	s. Hilaire
6 lun	*Rog.* s. J. P. L.
7 mar	s. Stanislas
8 mer	s. Désiré
9 jeu	ASCENSION
10 ven	s. Antonin, *p.*
11 sam	s. Mayeul, *ab.*
12 6 D	s. Epiphane, *é*
13 lun	s. Servais
14 mar	s. Pacôme
15 mer	s. Isidore
16 jeu	s. Honoré
17 ven	s. Tropès, *m.*
18 sam	s. Eric *vj.*
19 Dim	PENTECOTE
20 lun	s. Bernardin
21 mar	s. Hospice
22 mer	s. Emile 4 T.
23 jeu	s. Didier, *év.*
24 ven	s. Donatien
25 sam	s. Urbain
26 1 D	*Trinité*
27 lun	s. Jean, *pape.*
28 mar	s. Germain
29 mer	s. Maximin
30 jeu	FÊTE-DIEU.
31 ven	ste Pétronille

JUIN.

D.Q. le 4. P.Q. 18.
N. L. 11. P. L. 27.

1 sam	s. Thierri
2 2 D	s. Potin
3 lun	ste Clotilde
4 mar	s. Quirin
5 mer	s. Boniface
6 jeu	s. Claude
7 ven	s. Paul, *év.*
8 sam	s. Médard
9 3 D	s. Prime
10 lun	s. Landry
11 mar	s. Barnabé
12 mer	s. Onuphre
13 jeu	s. Ant. de P.
14 ven	s. Basile
15 sam	s. Abraham
16 4 D	s. Aurelien, *év*
17 lun	s. Avit
18 mar	ste Marine
19 mer	s. Gerv. s. P.
20 jeu	s. Sylvère
21 ven	s. Louis de G.
22 sam	s. Paulin
23 5 D	s. Félix
24 lun	s. *Jean Bapt.*
25 mar	s. Prosper
26 mer	s. Babolein
27 jeu	s. Ladislas
28 ven	s. Irénée *vj.*
29 sam	s. P. s. Paul
30 6 D	s. Martial

JUILLET.

D.Q. le 4. | P. Q. 18.
N. L. 10. | P L. 26.

1 lun	s.Thierry
2 mar	*Vis. de N. D.*
3 mer	ste Anatole
4 jeu	*Transl.s.Ma.*
5 ven	ste Zoé. *m.*
6 sam	s.Tranquille
7 7 D	ste Aubierge
8 lun	ste Priscille
9 mar	ste Victoire
10 mer	ste Félicité
11 jeu	*Tr. s.Benoît*
12 ven	s.Gualbert
13 sam	s.Eugène, *év.*
14 8 D	s.Bonaventu
15 lun	s.Henri
16 mar	*N.-D. M.-C.*
17 mer	s.Alexis
18 jeu	s.Brunon, *év.*
19 ven	s.Vinc. de P.
20 sam	ste Marguerit
21 9. D	s.Victor, *m.*
22 lun	ste Madeleine
23 mar	s.Apolinaire
24 mer	ste Christ., *vi.*
25 jeu	s.Jacq., *apôt.*
26 ven	*Tr. de s. M.*
27 sam	s.Pantaléon
28 10 D	ste Anne
29 lun	ste Marthe
30 mar	s.Abdon
31 mer	s.Germ. l'Aux

AOUT.

D.Q. le 2. | P. Q. 17.
N. L. 9. | 24-31.

1 jeu	s.Pierre ès L.
2 ven	s.Etienne, *p.*
3 sam	*Inv. de s. Et.*
4 11 D	s.Dominique
5 lun	s.Yon, *mart.*
6 mar	*Tr. de N.-S.*
7 mer	s.Gaëtan
8 jeu	s.Justin
9 ven	s.Spire, *vj.*
10 sam	s.Laurent, *m.*
11 12 D	ste Suzanne
12 lun	ste Claire
13 mar	s.Hippolyte
14 mer	s Eusèbe *vj.*
15 jeu	ASSOMPTIO
16 ven	s.Roch
17 sam	s.Mamert
18 13 D	ste Hélène
19 lun	s.Louis, *év.*
20 mar	s.Bernard
21 mer	s.Privat
22 jeu	s.Simphorien
23 ven	s.Sidoine, *vj.*
24 sam	s.Barthélemi.
25 14 D	s.Louis, *roi*
26 lun	s.Zéphirin
27 mar	s.Césaire
28 mer	s.Augustin
29 jeu	*Déc. s.J.*
30 ven	s.Fiacre
31 sam	s.Ovide

SEPTEMBRE.

N.L. le 7. | P. L. 23.
P. Q. 16. | D.Q. 29.

1	15 D	s. Leu s. Gilles
2	lun	s. Lazare
3	mar	s. Grégoire
4	mer	ste Rosal e
5	jeu	s. Bertin
6	ven	s. Onésipe
7	sam	s. Cloud
8	16 D	*N. de la V.*
9	lun	s. Omer, *év.*
10	mar	ste Pulcher
11	mer	s. Patient
12	jeu	s. Raphaël
13	ven	s. Maurille
14	sam	*Exalt. ste Cr.*
15	17 D	s. Nicomède
16	lun	s. Cyprien
17	mar	s. Lambert
18	mer	s. Th. de V. *4 T*
19	jeu	s. Janvier
20	ven	s. Eustache *vj.*
21	sam	s. Mathieu
22	18 D	s. Maurice
23	lun	ste Thècle, *v.*
24	mar	s. Andoche
25	mer	s. Firmin
26	jeu	ste Justine
27	ven	s. Côme s. D.
28	sam	s. Wenceslas *r*
29	19 D	s. Michel
30	lun	s. Jérôme

OCTOBRE.

N.L. le 7. | P. L. 22.
P. Q. 15. | D. Q. 29.

1	mar	s. Remi, *év.*
2	mer	*ss. Anges Gar*
3	jeu	s. Gilbert
4	ven	s. Fr. d'Assise
5	sam	s. Placide, *m.*
6	20 D	s. Bruno
7	lun	s. Serge s. B.
8	mar	ste Thaïs
9	mer	s. Denis, *év.*
10	jeu	s. Géréon, *m.*
11	ven	s. Nicaise, *m.*
12	sam	s. Wilfride
13	21 D	s. Edouard, *r.*
14	lun	s. Callisle
15	mar	ste Thérèse
16	mer	s. Gal, *ab.*
17	jeu	s. Cerboney
18	ven	s. Luc, *év.*
19	sam	s. Aquilin, *év.*
20	22 D	s. Sendou
21	lun	ste Ursule
22	mar	s. Melaine, *év.*
23	mer	s. Hilarion
24	jeu	s. Magloire
25	ven	Cr. s. Cr.
26	sam	s. Lucien
27	23 D	s. Frumen, *vj.*
28	lun	s. Simon s. J.
29	mar	s. Narcisse, *év*
30	mer	s. Lucain
31	jeu	s. Quentin *vj.*

NOVEMBRE.

N.L. le 6. | P.L. 21.
P.Q. 14. | D. Q. 27

1 ven	**TOUSSAINT**
2 sam	*Trépassés*
3 24 D	s. Marcel, *év.*
4 lun	s. Charles
5 mar	ste Berthilde
6 mer	s. Léonard
7 jeu	s. Wilbrod
8 ven	*stes Reliques*
9 sam	s. Théodore *m*
10 25 D	s. Léon
11 lun	s. Martin, *év.*
12 mar	s. René, *év.*
13 mer	s. Brice, *év.*
14 jeu	s. Laurent, *év.*
15 ven	s. Maclou
16 sam	s. Eucher
17 26 D	s. Agnan
18 lun	s. Odon, *abbé*
19 mar	ste Elisabeth
20 mer	s. Edmond
21 jeu	*Pr. de la V.*
22 ven	s. Philémon
23 sam	s. Clément
24 27 D	ste Flore
25 lun	ste Catherine
26 mar	ste Genev. A.
27 mer	s. Maxime
28 jeu	s. Etienne
29 ven	s. Saturnin *vj.*
30 sam	s. André, *ap.*

DÉCEMBRE.

N.L. le 6. | P.L. 20.
P.Q. 13. | D. Q. 27.

1 1 D	*Avent.* s. Eloi
2 lun	s. Marcel, *m.*
3 mar	s. François X.
4 mer	ste Barbe
5 jeu	s. Sabas, *ab.*
6 ven	s. Nicolas
7 sam	ste Fare. *v.*
8 2 D	CONCEPTION
9 lun	s. Cyprien
10 mar	ste Valère
11 mer	s. Daniel
12 jeu	s. Alexandre
13 ven	s. Aubert
14 sam	s. Nicaise
15 3 D	s. Valérien, *év*
16 lun	ste Adélaïde
17 mar	ste Olympe
18 mer	s. Galien *4 T*
19 jeu	ste Meuris
20 ven	s. Philogon. *vj.*
21 sam	s. Thomas, *a.*
22 4 D	s. Ischyrion *m*
23 lun	ste Victoire
24 mar	s. Yves *vj.*
25 mer	NOEL
26 jeu	s. *Etienne*
27 ven	s. *Jean, ap.*
28 sam	ss Innocens
29 D	s. Thomas, *év.*
30 lun	s. Sabin, *év*
31 mar	s. Sylvestre

La Clef des Songes,

ET VISIONS NOCTURNES.

Paroles de Frédéric de COURCY,

Chansonnette chantée par LEVASSOR.

Avez-vous rêvé chat,
Avez-vous rêvé chien;
Ou bien avez-vous rêvé que vous tom
[biez dans un puits;
Et puis avez-vous rêvé d'aut' songes;
J' vas vous expliquer tout ça.
Songes ne sont pas mensonges,
Et la preuve la voilà;
Et la preuve la voilà.

C'est le nouveau traité des rêves,
Indiquant les bons numéros:
J'ai déjà fait nombre d'élèves,
Ils ont tous maint'nant des châteaux.
On est sûr à moins d'insomnie
Avec ce petit livre-là
De gagner à la loterie
Sitôt qu'on la rétablira.

Approchez-vous belle cuisinière, n'ayez pas peur la rue est faite pour tout le monde.. Deux feuilles d'impression pour un sou!. Vous aussi, madame la concierge. Vous pareillement jeune tourlourou. Eh dites donc là-bas, la petite laitière ?

Avez-vous, etc.

Rêver qu'on tomb' signifie chûte,
Montagne, c'est élévation;
Rêver bataille c'est dispute.
Rivière c'est innondation ;
Rêver chien veut dir' perfidie,
Rêver chat c'est fidélité,
Rêver corbeau c'est maladie,
Rêver lapins c'est bonn' santé.

Avec ça pas moyen de se tromper, et le matin en se réveillant, une personne a la satisfaction de pouvoir se dire : Tiens, j vas tomber malade, tiens l' feu va prendre à la maison.. tiens, j'vas me casser la jambe.. ou bien je recevrai ce soir une bonne volée. Enfin une foule de choses utiles et agréables qu'on n'est pas fâché de savoir d'avance, moyen certain et économique de se dire soi-même la bonne aventure sans tirer les cartes, ce qui prouve toujours un caractère ignorant et superstitieux.

Avez-vous, etc.

Avez-vous rêvé (qu' songe bête)
Que vot' cuisinier dans un poëlon
Vous retournait comm'un' om'lette,
Qu'vot'nez s'enflait comm'un ballon;

Que vous tourniez comm'un' crécelle,
Que vous nagiez comme un merlan,
Ou qu'au bout d'un' plott' de ficelle
Vous voliez comme un cerf-volant.

Et des fois encore avez-vous rêvé que vous plantiez des clous dans la lune ? des fois aussi que vous étiez enfermé dans un sac avec des hannetons ? Enfin, qu'on vous jetait queuque chose su la tête.. (ça c'est bonheur.)

Avez-vous, etc.

S'voir soi-même pêcher à la ligne
Vous présage des jours sereins;
C'est pas encor trop mauvais signe
Quand on voit tourner des moulins.
Parlez, messieurs, parlez, mesdames,
J'ai pour chaqu' rêve ce qu'il vous faut
A propos je r'commande aux femmes
De ne jamais rêver tout haut.

N'y a rien de si traître, surtout en ménage... Vous êtes ben tranquille, pas vrai, vous dormez sus vos deux oreilles. Vot' homme qui vous entend jaboter, se dit tont d'un coup : Ah ! c'est comme ça? Eh bien, c'est bon. C'est comme aussi ne racontez jamais vos rêves quand vous êtes à jeûn ça fait manquer les numéros.

Avez-vous, etc.

Porter en gage vot'pendule
Vous prédit qu'vous n'avez pas l'sou,
Sur les toits s'trouver somnambule,
Ça veut dir' qu'on peut s' casser le cou
Vous allez p'têt' crier merveille,
Mais quand on a le cauchemar,
C'est immanquable que la veille
On aura mangé de l'homar.

Je dis de l'homard, comme je dirais autre chose, de la galette, du fromage de cochon ou des haricots en salade... La nature de l'aliment ne fait rien à la prédiction, pourvu seulement que ça soie quéuqu' chose de lourd. Enfin, avez-vous rêvé citrouille, lézard, dromadaires, firmament, naufrage, précipice; labyrinthe, coquelicot, araignée, tremblement de terre je suis encor dans l' cas de vous expliquer tout ça; Mais c'est plus vite fait d'acheter le livre.

Avez-vous, etc.

Mon Pays.

Oui, je t'aime d'amour, ô ma chère
Bretagne !
Oui, je t'aime d'amour avec ta pau-
vreté,
Avec ton sol de pierre et ta rude cam-
pagne,
Avec tes longs cheveux et ton front
indompté.
L'étranger te délaisse et dit : sombre
pays,
Et c'est de ta tristesse que mon cœur
est épris.
Refrain : Car toujours une mère,
Une mère est belle pour son fils.
Et je t'aime, pauvre terre,
Car c'est toi, oui, c'est toi mon pays.

Voyez dans ces rochers un petit hé-
ritage,
Sol aride et brûlant, sans tours et sans
manoir,
On n'y voit pas de fleurs, on n'y voit
pas d'ombrage,
Quatre murs seulement dans un champ
de blé noir ;

Mais mon cœur, pauvre chaume, qui
vit mes premiers pas
Pour le plus beau royaume ne te donnerait pas.
Car toujours une mère
Est la plus belle aux yeux de son fils,
Et je t'aime, pauvre terre,
Car c'est toi, oui, c'est toi mon pays.

O bonheur ! j'aperçois la passerelle
en planche
Et le torrent sauvage où j'aimais tant
à voir
Nos Bretonnes, pieds nus, et de l'eau
jusqu'aux hanches,
S'en aller en chantant du gros bourg
au lavoir;
Mais l'image chérie fuit avec le sommeil,
O ma chère patrie ! je te pleure au
réveil.
S'il est loin de sa mère
Il n'est plus de bonheur pour un fils,
Je te pleure, pauvre terre,
Car c'est toi, oui, c'est toi mon pays.
Je pleure loin de toi, loin de toi, pauvre terre,
Car c'est toi mon pays.

Une Chanson bretonne.

Paroles et musique de Mlle L. Pujet.

Bien loin de la Bretagne,
Où j'ai reçu le jour,
Bien loin de la montagne
Où j'ai pleuré d'amour,
A la fleur qui boutonne,
Je dis, souvent, souvent,
Une chanson bretonne
Que je chante en rêvant;
Je dis, souvent, souvent,
Une chanson bretonne
Que je chante en rêvant,
En rêvant.

Ici, quand tout repose,
J'accours chaque matin
Voir l'horizon tout rose;
Là-bas dans le lointain,
Au soleil qui rayonne,
Je dis souvent, etc.

Quand un nuage passe
Là haut dans le ciel gris,
Et que le vent le chasse
Vers mon pauvre pays,
Aux pleurs je m'abandonne,
Et dis souvent, souvent,
Une chanson bretonne
Que je chante en rêvant,
Je dis souvent, etc.

Où va mon chant fidèle,
Hélas! je n'en sais rien;
Ma pensée où courre-t-elle?
Oh! mon cœur le sait bien.
A lui quand je pardonne:
Toujours souffrant, souffrant,
Allez, allez, chanson bretonne
Que je chante en pleurant,
Allez, allez, chanson bretonne
Que je chante en pleurant,
En pleurant.

Margot.

Air du Rondeau des deux Maîtresses.

C'est sur l'herbage,
Dans un village,
Qu' la p'tit' Margot se dépêcha d'gran-
Du toit champêtre [dir ;
Qui m'a vu naître
Je garderai toujours le souvenir.

J' n'avais alors ni clinquants, ni parure ;
Je n' savais pas tant seul'ment c' que c'était ;
Mais quand l' printemps réveillait la nature,
Sa première fleur brillait à mon corset
J'étais heureuse,
J'étais joyeuse,
Et dans c' temps-là j'aurais donné d' bon cœur.....
Tout un royaume
Pour l'humble chaume
Qui m' promettait tant d' plaisir et d' bonheur.

Quand je passais, m'dandinant, sur
mon âne,
Les villageois m' trouvaient très bien
comm' ça,
Et si j'n'avais qu'des habits d'paysanne
Ils savaient bien qu'un bon cœur bat-
tait là.
J' n'étais pas fière,
On pouvait m' faire
Tout c' qu'on voulait sans qu' j'y trouve
aucun mal.
D'une gaîté franche,
Chaque dimanche
De l'avant-deux je donnais le signal.
Je n' voyais pas d' grands airs comme
les vôtres,
Personne alors ne me dictait des lois.
C'est à la ville en f'sant rougir les au-
tres,
Que j'ai rougi pour la première fois.
Pauvre fillette,
Que je regrette
Ce tems heureux qui ne reviendra plus !
O mon village !
O mon jeune âge !
O mes beaux jours qu'êtes-vous de-
venus !

Puisque j' devais, dans le monde où
vous êtes,
Chercher l' bonheur sans jamais sa-
voir où,
Il fallait donc m' laisssr avec mes bêtes,
Mon chat, mon chien et mon cousin
Jaillou !
C'est sur l'herbage, etc.

Le Retour de Gustave.

AIR : *Petits oiseaux cessez vos chants d'amour.*

Gustave quitta les combats
Pour voler près de sa maîtresse,
Zoé le reçut dans ses bras
En s'écriant avec ivresse :
Tendres échos, répétez tour à tour (BIS)
Que près de moi Gustave est de retour.

Il a quitté ses étendards.
Pour mettre un terme à ma souffrance ;
Aussi l'aspect de ses regards,
Me fit oublier son absence.
Tendres échos, etc.

Chaque jour en pensant à lui,
Mes yeux répandaient quelques larmes
Mon cœur n'éprouvait que l'ennui,
Qu'il remplace par mille charmes.
Tendres échos, etc

Avec le signe de l'honneur
Il revient près de son amie.
Promettre le parfait bonheur
Qui durera toute la vie.
Tendres échos, etc.

Ainsi, mon cœur n'éprouve plus
Ni la douleur, ni la tristesse;
Regrets et tourments sont vaincus
Par les attraits de l'allégresse.
Tendres échos, etc.

FIN.

PARIS. — IMPRIMERIE DE STAHL,
33, Quai Napoléon.

www.ingramcontent.com/pod-product-compliance
Ingram Content Group UK Ltd.
Pitfield, Milton Keynes, MK11 3LW, UK
UKHW021210230726
13926UKWH00001B/429